Martin Grahl

DER ENDLOSE SEE

Martin Grahl

DER ENDLOSE SEE

Vorwort von **Søren Linton**

urgent-verlag

www.urgent-verlag.de

Diese Ausgabe ist erschienen mit freundlicher
Unterstützung des **JugendMedien Greifswald** e.V.
Herausgegeben von Søren Linton
Umschlaggestaltung: **SL"IntuitivArt"** Schwerin,
mit Unterstützung des Schwedischen Partners.
Umschlagfotos: **Udo Mitzlaff, SVZ**

Printed in Germany 2001

ISBN 3-934355-37-4

„...Stark wie der Tod ist die Liebe..."
(Hohes Lied 8)

Ist die Liebe zwischen Frau und Mann stark wie der Tod, weil sie Leben gebiert, ist das Himmelsbrot Christi stärker als der Tod, weil es bleibende Gemeinschaft mit Gott ermöglicht. Die Sprache des Gebetes hierfür erlerne ich durch das Einüben in das Gute.
So öffnet sich die Sprache der Liebenden erfinderisch dem Gebet. Ja, sie hält die Muttersprache durch ihre Poesie am Leben. In der Kette des Gebärens und Empfangens spüren wir die Gewalt der Liebe, die vollmächtige Kraft des Dialoges, der Sprache.
Und es ist die Sprache der Bilder, die uns formen kann, und die uns zur Erlösung leitet:
„Niemand hat Gott je geschaut;
wenn wir einander lieben,
bleibt Gott in uns,
und seine Liebe ist in uns vollendet." (1 Joh. 4)

INHALT

Vorwort

Ein Sommer nur und doch die Ewigkeit.

Ich war nicht überrascht, als ich den Autor kennenlernte und er mir ein kleines Heft mit Gedichten zeigte, auf dem stand, dass es im Selbstverlag erschienen war. Das selbst "gebastelte" Buch hinterließ bei mir ein angenehmes Gefühl, wie jedes Mal, wenn ich Menschen finde, die einen Gedanken, eine Idee, einen Wunsch zu Ende bringen. Außerdem erinnert mich jeder Wunsch, etwas zu drucken, an Gutenberg. Dessen Portrait, mit einem Auge im Licht und die Hand voll mit Buchstaben - im Kreis angeordnet - , verleitet mich zu der Frage, ob er nicht selbst Poet war.
Die ersten Verse habe ich ganz zufällig gefunden. Mit der Schreibmaschine auf einem vergilbten Blatt Papier, trugen sie das Datum 1974. Die Gedichte aus dieser Zeit sind dem Alltag entsprungen, mit Unruhe und Fragen, die auf keine Antwort mehr warten. Der Poet ist bereit, alles zu erfahren: "wenn ich sterbe ... dann? Warum stört Denken?"
Später entziffert ein anderes Auge das Terrain der Existenz. "Was ist meine Zeit mehr / als ein Pfad scheuen Rehwilds /im Dickicht nordischer Fichten?" Definitionen des in der Zeit gefangenen Menschen. "Die Gegenwart ist begehbar, / die Fata Morgana des Augenblicks, / die schmerzende Seele." Die Zeit: eine graue Gegenwart. "Jede Stunde ist eine graue Rose."Nach
und nach gehen die Gedichte in ein warmes Licht über. "Diese Armseligkeit ist übergossen von Barmherzigkeit, die Krankheit der Seele ist mit Lebens Wasser geheilt." Sicherlich pulsiert unser Leben, und es gibt Hoffnung, und trotzdem ... die Einsamkeit des Dichters: "Die Gedanken ziehen zögernd / die Linie des imaginären

Horizontes. / Braunblau marmoriert ist die Decke / meiner Einsamkeit."
Eine neue Intensität bringt "Liebe gibt Raum...". Dieser Vers kreiert eine andere Dimension der Liebe. Die Zeit hat die Eigenschaft (oder wir haben die Schwäche), uns zu zermürben. Wir sind verbraucht. In der Zeit kann alles"veralten", also auch die Liebe.
Der einzige Ort, der den Gefühlen hilft, ist der Raum. Die dahin ziehende Zeit schleift unsere Erinnerungen im Raum ab. Sie setzt sie in den Raum wie in ein Schneckenhaus. Die Liebe kann Raum schenken, also ist er der sensibelste Beweis dafür, dass die Liebe nicht vergessen werden kann. Mehr noch: daraus ergibt sich, dass die Liebe, also der gewonnene Raum (in unserer Erinnerung) die Zeit besiegen kann.

In "Von dir berührt" spiritualisiert der Poet die Liebe und findet sanfte und meditative Nuancen, die einen Kontakt mit dem großen biblischen Lied knüpfen, mit Begegnungen, die neue Dimensionen eröffnen und die aus den Empfindungen einen Ort der Erkenntnis und des Verständnisses unseres Zustandes machen. Der Poet webt sensibel im Raum der Liebe mit Fäden von Liedern oder er bereichert sich an ihrer Stille. Wir kennen das Sprichwort "Schweigen ist Gold", ein quasi-ethisches Motiv aus Vorsicht. Aber zu schreiben "Dein Schweigen schmückt mich" ist ein Vers, der wie ein Schmuckstück in der Sprache der Liebe glänzt.

Die Natur folgt Beschreibungen, nah am eigentlichen Drama. "gleich einem schalenstier / mit wasserfalten ist das zelt / dies feuchte dach / die himmels wölbung." Oder sie malt eigensinnige Lyrik. "Die Bäume -/ struppige Erdhände mit nichtssagenden Gesten -/ malen Wind an den eiskalten Himmel." Die Natur mit den Augen erfasst, beweist sogar "der endlose see" seine Kraft, "vor meinem blick / verbirgt der see sein ende".

Die Sprache ist flexibel, lebendig. Die Phrasen fließen förmlich, manchmal ohne Interpunktion, wie eine Quelle. "Nicht auszusprechen ist die Quelle der Sprache." Trotzdem scheint der Autor die heutige Situation der Poesie zu erahnen. Die Worte sind Clowns einer Welt, die an anderen Werten interessiert ist. Sie färben sich spürbar. Sie werden gewalttätig bunt; und die Poesie, das beweist der Mecklenburgischer Autor, verlangt noch einen Augenblick von Zauberei. "Zu bunt für die Kunst, die Wörter / werden unbrauchbar für Poesie."

Anzumerken ist, dass der Poet während seiner langen lyrischen Erfahrung sich selbst treu bleibt. Es ist eine Qualität, die den Leser helfen wird sich zu überzeugen, dass es im Raum unseres Landes zwischen Nebel und Wasser Sensibilität im Rang der Poesie gibt. Verzichten Sie einen Augenblick auf das Lesen der täglichen Zeitung, um die kurze Möglichkeit zu ergreifen, einen lyrischen Raum zu besitzen. "Ein Sommer nur und doch die Ewigkeit."

Søren Linton

Die Geschichte begann

Die Geschichte begann zwischen efeubedeckten Mauern im Reich der Mitte. Oder war es auf der weiten Insel im Norden, umspielt von Wellen, den Sekundentakten der Unendlichkeit? Oder auf dem nichts ahnenden Baugrund von Megapolis, durchströmt von vier trägen Flüssen, einer Kreuzung von zwölf Highways?

Es war nur der Schatten eines aalglatten Tieres, flüchtig und scheu. Es flüsterte, was du hören wolltest. Und wir gehen zum uralten Baum und du gibst mir, was ich nicht wagte zu nehmen und es war nicht die Liebe. Wir warten, daß Steine Brot werden, silberne Flügel uns tragen und Macht in uns wächst. Die Schattengedanken ranken sich unsichtbar uns ums Herz. Scham und Angst treiben dir blasse Röte ins Gesicht.

Wir rechnen die Schuld in unsere Planung ein, wir Meister über Gut und Böse. Jeder Turm wirft Schatten. Pläne fordern Opfer. Vorteil gibt es nicht umsonst. Die perfekt organisierte Stadt mit den unsichtbaren Glas- mauern wuchert wie ein Geschwür, wie hoch verzinstes Kapital. Die Schritte hallen auf den Steinen, auf denen Regen nur Abfall ist. Und an den trüben Flüssen wachsen Hütten aus Blech, und Müll ebnet die Bachtäler. Anonyme Grabfelder sind die Fußspuren der Allzumächtigen.
Der Meister Mensch ist aalglatt, flüchtig und fremd.

März

Fäden aus Ängsten
durch wirken die Gespräche.
Mein Baum aus Gedanken
im Wind deiner Worte.

Ein Teppich ist die Stunde
unserer Begegnung.
Traummotive umschlingen einander
zu Arabesken wie wir uns
im Tanz. Wilde Früchte
der Phantasie malen die
lachenden Augen.
Eine Applikation der Ideen
nähen unsere Finger in dahin
fließenden Bewegungen.

Wir zwei, immer wieder
seit Ewigkeiten getrennte
Kristalle, schmelzen im Feuerlicht
am Rande der Nacht zur Glaskugel
mit dem Weidenblatt im Innern.

Wie Blütenblätter
gehen wir auseinander,
wie zwei Flußarme im Meer münden.

Das Schiffchen der Liebe
durchfliegt die Gespräche.
Der März entlockt
den kalten Zweigen wieder die Knospen.

Die Türen offen

Die Türen offen,
eingeschlagene Fenster.
Verlorene Stellung,
das Licht verloschen.

In SEINEM
gesenkten Blick
finde ich mich wieder
geborgen wie ein Kind.

Flämische Winterlandschaft

Als wollten die Wolken
Weihnachtsgeschichten erzählen
von harten Wintern
und wunderbarer Errettung.

Die Stadt zeichnet eine gebrochene Gerade,
wo Erde und Himmel auseinander
brechen würden wie eine
melancholische Melodie
in bläulicher Ferne.

Wie weich sind die Linien
des schwarzen Holzes am Stall!
Ein Mann hockt sich
um sein bißchen Wärme
und hält sich selbst
in den Armen.

Die Frau stützt sich
auf ihren Stecken
und sinnt.
Ihr Gehöft gebärdet sich
Gott sei Dank mächtig.

Die Bäume -
struppige Erdhände
mit nichtssagenden Gesten –
malen Wind an den eiskalten Himmel.
Ein zottiger Kläffer
kommt schweigend einher.

Fortschritt

Das Leben wird versiegelt, damit es
wuchert. Gras wird Grünfläche. Wege
spurenloser Bürgersteig.

Das Klingen der Wälder weicht
unstimmigem Gedröhn. Ein Farbton
der Wiese bläht sich auf für riesige
Wohnklötze. Bunt, unglaublich bunt.

Zu bunt für die Kunst, die Wörter
werden unbrauchbar für Poesie.

Die Perlentore sind
überputzt, Hoffnung und Verheißung ein
Reklametrick. Irgendwo
in den Windungen der Kanalisation
ist die Quelle des Lebens vermauert.

Der Fortschritt hat seinen roten
Faden verloren im Labyrinth.

Die Furche aber
öffnet sich immer wieder
wie eine Wunde,
die nicht heilen will.

Geschöpft aus Erde

Geschöpft aus Erde,
getragen in die Zeit.

Eine schwebende Wassermurmel
Über meiner geöffneten Hand.
Nicht auszusprechen
ist die Quelle der Sprache.

Du hast mir
auf die Lippen
meinen Namen
gemalt.

Gottes Sagen

fordert Antwort:
Sie wächst sich entblätternd
in verwirrtem Sprechen.

Die Völker rauschen
wie Pappeln und bei
einbrechender Kälte
fallen die Urteile:
Eine Hand wäscht
die andere in Unschuld.

Die Tränen des Herren
benetzen die Erde:
Am randvollen Brunnen
sitzt eine Lerche und trinkt
sich selbst.

Das geschürte Herdfeuer

Das geschürte Herdfeuer
ließ die Schatten tanzen und verschwinden.
Doch jetzt wieder
sprießt aus allen Ritzen Schwärze.
Kalter Schlaf bedrängt
mein Antlitz.

Brechen wir auf.
In der Stille hat
das Begrabene
gekeimt. Löse dich
aus dem Todesschlaf und
sieh mich an.

Ich jagte los

Ich jagte los von
gespannter Sehne
in den Beton Park
durch Teer Steige die Rinden Fassaden die Gesichter
Blätter die Blüten Bilder die Nebel Bäume die
heulenden Winde die Menschen wie Termiten.
Ich jagte und brach zusammen.
Blinder Spiegel Splitter,
ein loses Kabel Ende,
Erde im Rinnstein.
Ein Vogel durchschlägt die Frontscheibe.

Meine staubige Haut
sucht deinen Schatten.

Ich war ein gebrochenes Rohr,
ein kaum glimmender Docht.

Im weissen Licht
blühte eine Stadt,
die wie ein Regenbogen
die Erde umschlösse.

Kopfweide

Der vernarbte Kopf der Weide
wiegt seine Haarpracht
wie eine Seeanemone
in der Luftflut.

Abertausend Lanzenblätter,
beschrieben mit geheimen
poetischen Formeln,
erwarten den Herbst.

In der Krone
hat sich eine große Höhlung
gebildet, ein Zauberschloß
für spielende Kinder.

Die sich rötenden Blätter
waren die flammenden Augen
des alten Götzen.

Hier zwischen Sumpf und Acker
waren wir
Kinder
der Zeit entwichen.

Løgumkloster

Was ist meine Zeit mehr
als ein Pfad scheuen Rehwilds
im Dickicht nordischer Fichten?

Jene Pforte aber führt meinen Fuß
in das Backsteinzelt
vor das ewig flackernde Licht.
Auch Psalmen und Hymnen
haften noch an den Wänden
bis hoch in die Scheitel des Gewölbes
gezeichnet durch die Stimmen
der Weißen Mönche
in den weichen Mauerstein
wie auf teures Pergament.
Die Stunden im Bethaus
waren nie die kosmischen.
Sie waren Geschenke
aus der Hand des Ewigen.

In ihrem Schatzkasten
lagen vier mal vier Reliquien
der Vorausgeschrittenen.
Im Schrein von sechzehn Bitten
nahm die Prozession
singender Seelen ihren Weg.

In stets Drei Fenstern
bricht Sonnen Gold und Licht Weiß
durch die Mauern in mein Leben,
dieses karge Dasein
mit wenigen Freunden und viel Finsternis,
zuviel kaltem Wind und unhaltbaren Regeln,
voll Verirrungen und Stolperwurzeln.

Diese Armseligkeit ist übergossen von Barmherzigkeit,
die Krankheit der Seele ist mit Lebens Wasser geheilt.
Dem Nebelhauch schlug schon vor Jahrhunderten
hier die Stunden Glocke Jerusalems, wo Gott
der Nächste ist.

Was ist meine Zeit mehr
als ein Pfad im Dickicht?
Singendes Schreiten
im Kreuz Gang
zum Altar, und nichts muß ich opfern.

Nur mich selbst bringe ich
zu dieser Pforte,
dem einen der zwölf Tore,
wo Er mir alles gibt.

Morgen

Mit ausgestreckten Schwingen
tauchst du ein in warme Wolken.
Du umkreist den Schweigesee.
Du ertastest dir den
Traum vom Wundermorgen:
Voll eiskaltem Weiß im Geläut von
drei Glocken.

Sie erwacht vor der Sonne. Allmählich
erspürt sie den Rhythmus des anderen Tages.
Schnellen Fußes durchstreift sie dann
verregnetes Dunkel.

Ihre Hände zeichnen sich
zwischen Fachwerk und Beton
eine Arena.
Mit bunten Stäben zaubert sie
Ahörner und Birken.

Spüre deine Haut am weichen Grün der Blätter,
laß die Tropfen auf die bloßen Arme perlen,
spitze deine Lippen in die Nebelwolken,
erlausche im Lärmen der vielspurigen Straßen
das Flattern des wahren Admirals!

Weisse Ketten glitzern um die Blätter,
Steingrau löst sich auf,
Regenfinger trommeln Reigen.
Wind bläst auf
Grashalmen Psalmweisen,
Augenpaare blitzen
aus schlafenden Häusern.

Die Kreise weiten sich,
die Rhythmen überschlagen sich,
Sturm kommt auf, -

Die Tänzerin verharrt.

Nacht

Lichtloses Schwarz bedeckt den Farbenteppich,
Dunkelheit verschließt den Blick.
Die Stille würde jeden Schrei verschlingen
wie der Wolf die Zicklein.
Als ein fremder Hund
umschleicht die Kühle mich.

Mein nicht erzähltes Märchen
endet schlimm: Der Prinz versagt.

Die Trauer meiner Seele durchschreitet den Traum:
Wo schläft der Morgen,
dass ich ihn wecken kann?
Das Schweigen muss ich zerreissen
wie ein schwarzes Lumpentuch.

Jede Stunde ist
eine graue Rose.

Nach dem verstummen der Engel,
tupft der rote Bote
Tau und Licht
auf das Gesicht der Welt.
Helles Blau legt seinen Arm um mich.
Kinder umtanzen den Brunnen.

In sanften Schlaf sinken wir.

Der Königssohn kehrt heim mit der Braut.
Mein Märchen ist gesungen.

Spekulation

Als wären Taube und Birke,
Natter und Moos,
Weg und Findling
nur Wort, Geweb aus
Windhauch, Lichtspiel und
Bild, ein Transparent.

Aber Wasser fließen,
Sonnenluft wärmt
und mein Blut pocht viel zu laut.
Oder ist das All
der grazil gravierte
Gral vollgefüllt
mit dem berauschenden Trank
des Irrealen?

Weiche Wolken streichen
wie Wattebäusche
über Wald und Land,
belangloses Wortspiel
vor lichterloser Glaswand,
dem Firmament
vor dem Nichts.

Die Gegenwart
ist begehbar,
die Fata Morgana
des Augenblicks,
die schmerzende Seele.

Undurchdringbar aber
bleibt dein Blick,
ewiges Geheimnis,

das sich in mein Herz
gebrannt hat
wie das Siegel
deines Namens.

Spiegel

Früh seh ich auf dem Wasser Spiegel
makellos und völlig klar
wie aufgeklappt
die Welt.

Die Wahrheit,
Erkenntnis und Weisheit,
scheint vor mir dazuliegen
wie der mit Wasser Farbe
geschriebene Begriff des Himmels
(Stille Insel-Kinder Lärmen
der keifende Krähen Schwarm
und die lachende Stimme des Raben).

Hinter mir:
Die weiße Birken Rinde
abgebildet
in der Hoch Haus Fenster Front:
Es läßt sich alles
kopieren.
Jedes Bild
(hauchdünn) ist
undurchdringliche Wand.
Jenseits des Spiegels ist es
Nichts.

Doch da springt ein Fisch
und fällt ein Stein,
blendet die Sonne
und kommt Nebel auf.
Der Atem, den Gott dir gab,
mißt alle Bilder
wie der Bauer das Korn
in den Händen.

Demut

In die Sprache
fußt der Leichtsinn

Nimmer wiegst du´s auf
mit Schwermut oder Wahn

Deine Stirn
in den Staub!

Dein Wort
gehört dem Andern schon

vor Gott

Stadtbegegnungen

Tausend Fenster -
Lichter verirren sich in den Brechungen,
bunte Strahlen treffen gegeneinander
wie Degen.
Schatten Decken überwerfen sich,
splitternde Klarheit verschwimmt in der Ferne.

Tausend Bilder -
Träume wuchern haltlos auf den Flächen
Treue spiegelt sich nur flüchtig.
Du schmiegst dich in fliessende Umrisse,
alte Farben zeigen sich in den Aufbrüchen.

Tausend Klänge -
Worte verlieren sich.
Das Metrum der Maschinen zerteilt den Sinn.
Das Surren der Räder zerreibt die Gesänge.

Geblendet stocke ich,
dann tanze ich aus mir heraus,
von der kaum
hörbaren Stimme geführt.
Wie schwere Vorhänge
ziehe ich Ängste auseinander.
Klarheit webt uns eine Decke
aus Tiefblau.
Die Schriftrollen singen zur Windharfe.

Steine

1.

Mein Traumbild
ist in Quarz geschnitten,
gleißend im Licht,
matt in der Dämmerung.
Verschlungen sind die Zeichen,
ohne Deutung.

Das ist nichts wert,
sagen die Goldwäscher.

2.

Den flachen Kiesel
wiege ich in meiner Linken.
Weich wirkt er.
Wie um eine Perle schließt sich meine Faust.
Denn mein Herz
hat harte Haut.

3.

Der Stein zerreibt sich
in den endlosen Berührungen
zu Sand.
Meine Tage sind hingezählt
wie Wechselgeld.
Wenige Stunden nur
mischen sich
unter die Saat.

4.

Erstarrte Zeit,
Ewigkeiten, und doch nur
Momente,
kosmische Bruchstücke
unter meinen Füßen.
Schmuck an den Toren,
aus den vier Flüssen gesammelt
mit kundiger Hand.

Stilleben mit Brot

(Gerahmt in vergoldetem
Holz, gehalten in
Erdfarben auf drappiertem
Beton)

Er hatte
unsere Tage in den Wind
geworfen.
Er hatte
unser Leben mit seiner Geschichte
durch wandelt
Er hat
unser Herz
glühen lassen.

Krähen und Möven
umkreisen die vollen Tonnen
am Rinnstein. (das Brot:
verteilt an den Tischen,
gesammelt, entsorgt)
sie kreischen in der
salzigen Luft. Im
Hafen laden Schiffe
Holz. Immer wieder Holz.

Wir sind aufgebrochen.

Am Pfade, (HERR,
gib mir den Brocken,
getunkt in Rot)
was finden wir vor?
    - ein Bild und
nährende Stille.

Das Gesicht

Das Gesicht
hält sich verborgen.

Die Handkanten beben,
als atmeten die Knöchel
und vervielfachten die Finger
die Blicke nach innen.

Strandlandschaft

Eine kahle Strandlandschaft bedeckt
meine fensterlosen Wände.
Die Gedanken ziehen zögernd
die Linie des imaginären Horizontes.
Braunblau marmoriert ist die Decke
meiner Einsamkeit. Ich kann nicht
entkommen, so gespalten und gescheitert.

ER führt mich durch das Meer
mit leichter Hand. ER legt in mich
Leben mit jedem Atemzug
bis in die Fingerspitzen.

Ich spüre die vibrierende Wärme
der segnenden Hand
über mir.

Träumen

Dann wird die Muschel
geschlossen,
wenn die Augenlider
sinken,
wie geöffnete Lippen
oder eine Blüte
am Abend.

Das Panorama
fällt in sich,
aber die Pappel wispert und
bleibt

Ein Dorn im Auge
Ein Denkmal in Weiß
Wuchernde Perle

Waldstück

Die steinige Steige zum Findlingswall
führt mich zum lang schon
hauslosen Hof.

Der Apfelbaum posiert noch
graziös als stumme Tänzerin.
Der Wacholder rechts
zeigt knorrige Geisterhände,
der links bleibt
als starre Kerzenflamme
verschlossen.

Die blutjunge Birke aber
läßt locker ihre dürren
Blättertrauben spielen
im Windhauch und schaut
blendend weiß herab
auf die Alten.

Sie wurzelt,
wo das Haus stand.
Ich baue dir ein Heim dorthin,
weiß und blau,
mit neunundvierzig Fenstern
und sieben Sälen.

Nur den alten Brunnen
gilt es noch zu finden.

Zauberkreis

Gleich einem Glas
nicht zu zerreissen
geschmolzen aus zerriebenem Quarz
hauchdünn geblasen überm Feuer unserer Seelen.
Vase oder Weinglas,
Krug oder Viole?
Jahrhunderte alt und zerbrechlich.

Gleich dem Grashalm
biegsam im Rhythmus des Windes.
Gewachsen aus Erde und Licht,
kühlem Regen und Hitze,
geschmeidig wie ein Tänzer,
die Samenkörner in den Händen.
Schöpfung und Moder,
Alles und Nichts.
Ein Sommer nur und doch die Ewigkeit.

Gleich dem Vogel zwischen Himmel und Erde
farbiges Gefieder, wendig und schnell
erstanden aus Schweigen und Worten
den Berührungen entflogen.
Eisvogel oder
Reiher.
Gedankenspiel und Zauberkreis unserer Liebe.

Der Endlose See

der see kräuselt seine lippen
intransitiv

das schilf sticht
die wolken decken
dies bild ist
ein korbgeflecht von stricken und strichen
ein zweig netz im düstern

die lider wollen mir müdem
den dienst noch verweigern

meine wimpern liegen
im röhricht verhakt

die wellen schlagen
ein nest auf
meinem schlaf

gleich einem schalentier
mit wasserfalten ist das zelt

dies feuchte dach
die himmels wölbung

vor meinem blick
verbirgt der see sein ende

Jahr und Tag

1989-1992

Wismar

Ich spüre wieder das Salz im Atem und den Geruch des Gartens von nebenan. Kein Freund wohnt mehr in der Stadt. Die Birke hat längst mich vergessen. Die Speicher an der Grube sind abgetragen.
Ich gehe wie in Träumen spazieren.
Das Abendlicht glüht auf den Backsteinwänden. Die Wendeltreppe im Turm mit den glatten Blattzeichen des Meisters und der Klang der großen Glocke und die Taube überm Betsaal zum Heiligen Geist und das umgestülpte Schiff der Neuen Kirche über der Gemeinde und das Gefängnis aus grauem Zement mit den grau gekleideten Häftlingen und der mächtige kleine Schul- direktor beim Appell und das Eigenlob des Staates und die Träume von Lübeck, von Sansibar und Philosophie.

An die Rückwand der Orgel in Nikolai hatte einer ein Segelschiff gemalt, mit drei Masten. Wer hätte reicher sein können als ein Kind in diesen Mauern?
Wie sollte ich den Blick auf den Hafen vergessen, dem Sinnbild der Ewigkeit. Die Chorschranken von Gottes Herrlichkeit machten mir das Herz weit. Der Orgelsturm trug mich über die Wellen wie Petrus.

Vor meinem Fenster bewegten die Birkenzweige sich im Windhauch und erzählten russische Geschichten. Und einmal kam aus der anderen Welt ein Automobil mit Bullaugen und einem riesigen Mann.

Ich werde mich im Garten auf eine Bank legen und die Augen schließen und schlafen und schlafen.

Schöpfung

Im Beginn kam
in der Totenstille Wind auf,
als in Gottes Fingerspitzen
aus Felsen Sand gemahlen wurde
und aus Körnchen Regenwälder wuchsen.

In den ersten Tagen
zeichnete er unendliche Kreise
in den Raum.
Und es wuchs wie die Krone
eines uralten Baumes
zu einem blauen Lebensball,
Er nahm die runde Erde
und hängte sie in die
kreisende Unruhe
des endlosen Alls.

Wie ein Tropfen Tau
trinkt sie Wärme und Licht und
gebiert das Leben der Zebras
und Eisvögel, Libellen und Wale.

Und es bildet der Barmherzige
im Spiegel seiner Augen
aus dem Geheimnis seines Herzens
und dem Ackerkrumen
die liebenden Menschen.
Darüber dann legt sich
weich deckend Abendleuchten
wie mächtiges Hoffen
vor die eisig kalten Nächte.

Die Nacht

Weihnachtswiesen sind weiß.

Durch die schwarze Himmelsdecke glitzert es golden.
Die Kälte zaubert aus Schneekristall aufs Strohdach eine Königskrone.

Josefs Stalllaterne
hintern Fensterkreuz
lädt dich ein,
frierender und staunender Hirte, du.

Erzähl mir, was du weißt
von den Augen der Engel,
ihrem singenden Lachen
und den wärmenden Worten,
dem Winterfeuer,
das den Lauf der Erde wendet.

(Unterm Eis der Zeiten
schlummert eine kleine Weile noch
die Welt der totenstarren Samen.)

Epiphanias

Wir kamen, den anderen König zu suchen.
Wir sahen seinen großen Stern,
Lichtstrahl der Unendlichkeit.
Hier endlich verbrennen
Ängste wie Kerzenwachs.
Mein Gewirr der Gefühle
wird zum Wurzelwerk
und Geäst meiner Seele.
Das kahle Gerüst meines Denkens
fällt ab von mir.
Zwänge zerbrechen
wie harte Schalen.

Die drei Gaben
entfalten sich wie Knospen
in der Wärme deines Wortes, Herr.
Und wir legten uns schlafen
in Gottes Armen.

Spaziergang am Sonntag der Verklärung

Das Licht der Sonne,
blaß wie eine Hostie,
durchflutet den weißen Nebel.
Reglos recken sich am Ufer
kahle Weiden über uns.
Unter den Schritten bricht
die gefrorene Wiese. Unsichtbare
Schwäne rufen vom Fluß. Endlose
Stille scheint die Antwort. Kalte Gleichgültigkeit allezeit.

Doch das Gespräch der Zeiten
wird geführt, gegen alle Wiederkehr
hinweg und über die klaffenden
Abgründe schillernder Faszination.
Vor dem Rot der sinkenden Sonne unter dem bergenden
Rieddach im Nachhall der Straßen und in Ecken
verträumter Kindheit;
in den Spuren der Worte und trotz der ausgetretenen
Pfade unserer Irrtümer.

Das Tor der wahren Worte ist Stille,
die baumgroße, wiesenweite,
die himmelhohe, nebelweiche Stille.
Lange mußt du warten, bis er dich ruft.
Viel länger noch.
Und leise knarrend öffnet es sich.
Du gehst hinein in die Nebellandschaft
einer mondhellen Nacht
auf dem Deich zwischen
Dann und Damals
zu den Häusern deiner Heimat.

Ostern

Blätter entwickeln sich
aus nackten Zweigen.
Die wärmende Sonne
entrollt den grünenden Teppich.
Der Frühling ist ein zartes Gewebe,
die dargebotene Hand des
Barmherzigen.

Aus der trauerschwarzen Erde
bricht wie ein Lachen
farbig der Glockenchor.
Schweigen wiegt sich im Wind.
Ewigkeit streicht übers Land.

Beim Rhythmus der geschlagenen
Glocken,
wenn die Siegel der Schrift
bersten wie Knospen,
wenn das Wort sich in Bilder entrollt
in der Hand des Allmächtigen,
wenn sein Gesicht die Welt wandelt,
wie Bäume sich bekleiden,
möchte ich sterbend erwachen.

Gedenken

Wir haben sie
in Gottes Handfläche gelegt.
Die wandernde Sonne
findet sie nicht.
Ihren Schatten
wirft ein anderes Licht
auf mein Herz.

Deine Uhr hört nicht auf zu gehen.
Mit den Schritten des Pendikels
tropfen die Augenblicke von mir ab.
Ihr Wände, habt ihr den Hall
ihrer Schritte aufgesogen?
Wie ein Specht
klopfe ich die Vergangenheit ab.
Sie wird mich nicht bergen.

Vor mir konzertiert
das Schweigen verstummter Stimmen.
Ich schließe die Augen
und spüre das Kreuz auf der Stirn,
von deinen Fingern
gezeichnet.

Das Kreuz an der Grube
verronnener Tage:
ein Pflanzstock.
Wie leicht wird mein Schritt!

Einsam

Vögel flattern schweigend
die Straße entlang und fliegen
dann fort über die Dächer.

Einen Schritt weit
hinter dem Fenster
verberge ich mich. Dunkle
Träume geben mir ihre Vorstellung.

Eine widersprechende
Wandlung umhüllt mich, wie
Erde versandet, wie
Urwälder wuchern, wie
Folien verpacken, wie
Wurzeln ins Erdreich sich strecken.

Grelle Farben mischen sich
mit Schwärze. Entwürfe
erblinden zu Befehlen.
Kälte umringt die Vernunft
mit einem Eisenreif. Als wäre der Fensterflügel eine
offene Tür hinab in die Angst. Freiheit wird Qual.
Sehnsüchte zum Hohn. Freude
zum Fremden.

So fern von mir tropft feuriger
Wein in den Becher der Gläubigen,
meinen Verwandten im
Puls der Gesichte.
Über den Asphalt treibt
Finsternis von Osten her.
Aus dem Fenster
kehrt mein Blick

kalt und gleichgültig zurück.
Warum gehe ich nicht
zu den elf Freunden.

An diesem Morgen

An diesem Morgen ist die Erde
wie auf Goldgrund gemalt.
Du fällst in einen leichten, kurzen Schlaf.
Die Angst trägt der Bach mit sich fort.
Der Vogel singt ein Lied,
das aus deinem Herzen fließt.

Der Morgen ist Seine geöffnete Hand.
Geh durch die Täler
und spüre die Wärme Seines Blickes.

Dieser Tag ist ein einsamer Weg.
Wie ein Brunnen wird er dir sein,
wie ein ersehnter Brief.
Du wirst an ihm zu tragen haben,
dankbar wirst du schweigen
wie das schwere Rot am Horizont
einem anderen Morgen entgegen.

Dämmerung

Es ist der Moment,
in dem mein Schatten
sich an den Himmel wirft
und die Sonne mir zu Füßen liegt.

Es ist ein Bruchstück meiner Nächte.
Und doch mächtig wie Orgelklang
im Steinzelt der Kathedralen,
wie uralte Buchen im Tal
des ewigen Bachgeplätschers
meiner Heimat.

Es ist der Moment,
in dem sich die Diagonalen
meiner Lebenszeit begegnen.

Du bist meine Erinnerung,
prägnant wie dein Augenblick.
Du bist das Heim,
in dem ich wohne, das Bett,
in dem ich träume, der Morgen,
der mich weckt und wärmt.

Es ist der Moment,
in dem ich versinke
und getragen werde
wie mit Engelsflügeln
und zerbreche
wie die alte Schale
eines Weizenkorns, vergehe
wie die Traube in der Kelter.

Es ist der Moment
zwischen Tag und Nacht,
wie ein Spalt durch die Zeit.

Daheim

Was treibt mich,
nach den Wurzeln
meiner Worte zu graben?

Ich steige die Wendeltreppe hinab
auf abgetretenem Backstein
dem Vergangenen nach.

Meine Lippen berühren
einen grauen Horizont.

Ein verstaubtes Wohnzimmer
und eine leere Küche am Sonntagmorgen.
Der Strand im November
und die Schule am Nachmittag:
Der Schluß jener Sätze.

Und ganz in der Tiefe
im hohen Kirchenschiff
die Predigt von dem um Brot
bittenden Nachbarn um Mitternacht.

Im Morgenglanz der Ewigkeit
sprudelte die Quelle,
aus der ich lebe.

Rosenstrauch

Die roten Blütenblätter
sind erhobene Hände
um ein leicht zerbrechliches Geheimnis,
Schützende Rücken
um eine flackernde Flamme herum,
eine zierliche Skulptur,
in Stein geschlagen
durch tausend Zärtlichkeiten.

Erst geschlossen,
grün und fest,
unausgesprochenes Ahnen;
ein Pinseltupf voll Feuer
in die Fingerspitzen
ineinander verschlossener Hände.

Dann offen entblättert,
denn alles ist gesagt.
Unsere Liebe ist ein
großer Strauch mit hundertfünfzig
mal hundertfünfzig Knospen.

Und jeder Morgentau
ist eine Himmelsgabe;
darin spiegelt sich der Horizont,
ein zweigeteiltes Band,
ein Lichtring.

Eine Märchenstadt

zu „Heidelberg", Stich nach Turner

hohlwangig und grazil
umringen die mauern und türme
den weg ins tal. die bäume
halten inne im wiegenden tanz.
eine prozession der geschwätzigkeit
durchwandert deinen blick. lachen und
trauer und zwist und träumende augen
sehen an dir vorüber. dir ist der eingang
verwehrt. du hast ihre wirklichkeit nicht.

vom himmel gießt das licht ins tal.
es perlt die berge hinab.
es legt sich auf die gleißenden gipfel.
es umschleiert weiß die einhergehenden leute.
könige und bettler, damen und weiber,
schwätzer und redner, traum und vision.
die hände der sonne streicheln die mauern
dieser märchenstadt. die augen des himmels
bedecken die berge der trauer mit trost.

es ist ein weg durchs tiefe weite tal,
dorthin und hierher.
es ist die offene hand der mutter erde.
es ist eine stadt am berghang
gleich einem hain schlanker kathedralen.

hier ist der ernst
leicht wie eine daunenfeder.

Herbstsegen

Von Dir möchte ich singen.
mein Weisergott.

In den Bergen wandern meine Träume.
Am Meer wartet mein Sehnen.
Blätter umspielen die Schritte.
Mit den Wellen atmet die Tiefe.
Das farberweckende Weiß
überflutet das Moor.
Der Morgen erblüht in den Farben des Herbstes.

Gott, deine Zeichen sind mir
gebrochene Bäume, ein Hochhaus,
ein sinkendes Schiff. Deine Worte sind
fallende Blätter, in Sätzen geborgene
Samen und Kreuze aus Stein.
Deine Augen spiegeln sich
im Lachen und Weinen der Anderen,
die wie ich zu dir gehen.

Wer kennt das Finale,
wer legt die Fäden des Handlungsgewebes?
Wärest du hart wie das Unheil,
bräche die Hoffnung,
und das Sehnen zerflösse
auf trockenem Land.
Doch du bist die Quelle,
du füllst die Trauben,
gibst den Tränen ihr Naß
und wirst unser Grau bedecken mit Weiß
und den sieben Farben des Bogens
von Ewigkeit zu Ewigkeit.

1945

Meine Worte
tauchten ein in deine
unglaubliche Geschichte.
Überfrachtet, überlastet
kehrten sie in fremden
Sätzen wieder heim.

Der Gewalt entwuchs die Wut.
Die Lügen machten sprachlos.
Aus dem Schweigen polterte Gewalt.
Wie ein Echo kam das Schwert zurück.
Erschrecken regnete in eisig
schweren Tropfen
auf die entblößten Herzen.

Wer warf den ersten, zweiten,
siebten Stein?
Wer vergab
sieben und siebzigmal?

Du hattest die Fenster
vermauert aus Angst.
Und dann kam er doch,
im Windschatten der Sieger,
der Wolf im Gefolge des Tigers,
aus dem Weizenfeld mit den breiten Händen und
forderte Liebe ein mit dem Herzen voll Haß.
Mein Gott!
Kannst du diese Bilder
vergessen?
Wahrheit, du bist
ein gleißender Spiegel,
ein schwer verständlicher Dichter.

Basedow
1989

Das Schloß
hat seine Güter verloren.
Sein Glanz
verdreckt und verstaubt.
Die Erinnerung
scheint nicht zu retten.

Auf der Ahnentafel die Namen
wirken wie Überschriften längst
verloren gegangener
Memoiren.

Vom mächtigen Schmuckkästchen
dieser Landschaft
bröckelt der Putz.
Im stolzen Marstall
kratzen die Hühner im Eisenschutt.
Hier ist die Vergangenheit
eine unbekannte Fremde geworden.

Im Pastorengarten träumen
in siebenundsiebzig Farben
Blumen von der Ewigkeit.
Efeu überwuchert das Versagen.

Aber das Juwel klingt

geborgen und gehütet
unter gekreuzten Bögen
in dem alten Kirchenschiff.

Das ist ein
JubelJauchzenWunderTor
zum Garten Gethsemane,
in Händen die Lilie Gabriels,
auf Flügeln des Ahnens,
dem Fallen in Höhen hinein,
den Schritten des klopfenden Herzens
und den klaren Gesichten
unter verschlossenen Augenlidern.

Diese mächtigen,
wandelnden Klänge entwerfen
leichter Hand Aquarelle
von wärmenden Ostertagen
und Karfreitagsregen:
Das Gold
der Evangelienikone.

Wir wanderten lange

auf Waldpfaden
zu dieser Lichtung.

Ein Gottesdienst
war diese Prozession unserer Seelen
in der Wortlosigkeit
der vielstimmig singenden Königin
und dem Plaudern
der rauschenden Buchen und ihrer Vögel.

Wir haben Psalmen gesungen
wie vor tausend Jahren die Mönche
Tagzeit für Tagzeit.

Von dir berührt

Achtzehn Blätter zum Hohenlied Salomons

-1985-

Von dir berührt

von dir berührt
hab ich aufgehört
mich zu bewegen.

Meine Haut ist gespannt,
ein Zelt über dein Lachen.
Meine Haut ist gemustert,
ein Brief von deiner Feder.
Meine Haut ist gerötet,
Blut deiner Worte.

Von Aug` und Händen
streich mir
die Scham.

Dein Name

will mir nicht
von den Lippen.
Nur die Zunge
sagt dich lautlos.

Blieben meine Hände
wortlos, wehe!

Die Brücke birst:
Asphalt würde in dem Feuer
weich wie Moor.
Gras durchbohrte deine Hände.
Beton stürzte in den Blick.
Hagel schon erschlüge dich.

Die Haut bricht,
das Licht reißt,
meine Wärme zerfließt.
Meine Hand durchfährt
deine Haut wie dich
eine Bö auskühlt.

Dabei wäre dein Name
aus meinen Händen
Salböl auf deinen Fingerspitzen.

Mein Job

ordnet meine Zeit
wie in Schubkästen weg.
Die Stundenschläge drängen
meine Schritte fort von mir.
Feilgebotene Träume füllen
die Wände und verstellen dein Gesicht.

Alle Tage ist das Angebot
im lauten Warenhaus
gleich ausgeleuchtet.
Das kalte Licht
braucht mein Herz auf
das dir gehört.

Komm in die Weite
unserer Handflächen!
Wir durchstreichen das Land
wie ein stiller warmer Wind
Frost aus den Gräsern löst.

Ein Fremder

Ein Fremder
tritt an mich heran.
Seine Nähe rückt mir auf den Leib.
Von fern her hat er mich berührt.

Meine Hände langen
nach den Bergen.
Meine Augen suchen
flüchtende Rehe.

Du bist mir zu nah.
Ich kann dir nicht folgen.

Du hast mir

meine Hände geöffnet
Dein Streicheln löste mich
vom Vergangenen.

Nun schreite ich
das Echo deiner Worte
nach dir ab. Ich finde
deinen Blick nicht mehr darin.
Dir irre ich nach.

Fremde taxieren mich:
Eine Frau in hellem Kleid
Zwischen Finsterem allein -
ein Torso
die bloße Furcht.

Du begegnest mir

wie vom Wind getragen.
Ich kann dich
nicht halten.

Zwischen den Gesichtern weist dein Arm mir
einen Gartensteig, geführt von weiß
getünchten Steinen. Dein Blick lacht mir zu.
Du streust Wurzeln in Asphalt. Aus blinden
Fenstern quellen Buschwindröschen.
Das Häusermeer wird Buchenwald,
durch den du mich begleitest.

Laß mich dir
den geflochtenen Silberreif
übers Handgelenk streifen.
Du hast mich gewonnen.

Die Samen sind gekeimt

Die Samen sind gekeimt,
Regen beträufelt die Erde.
Licht fließt darüber
Und lockt den proß hervor.
Wärme wird die Knospe brechen.

Ich sehe dich in weißem Kleid.

Die Uhren Pendeln mit den Atemzügen.
Freiere Tage durchtanzen die Stadt.
Preisschilder gilben, Scheiben lösen sich.
Steine bröckeln wie Mutterboden.
Gras verhüllt das Land.
Ein lauer Wind durchzieht die Zimmer.
Diese Zeit ist ein alterndes Paar, das die Stadt
wie ein volles Schubfach durchstöbert.

Dein Schweigen schmückt mich.
Deine Worte
werden mich fassen.
Dein Gesang
wird mich kleiden.
Dein Weinen
wird mich binden und lösen.
Komm!

Schilder

Schilder rufen,
Gedanken lauten,
Steine hallen,
Hände lärmen -,
es verstummt
einen Atem lang.

Glas vor den Waren,
Make-up über der Haut,
Frontscheiben vor der Landschaft,
ein Abglanz der Sonne auf den Augen -,
es erblindet
einen Blick lang.

Die Hitze in vibrierenden Motoren,
ein Vogel flattert aufgeschreckt,
das Flimmern über weichem Asphalt,
meine Hände zittern erregt -,
es erlischt
einen Herzschlag lang.

Weckt sie nicht,
die Liebe spricht im Schlaf.
Stört es nicht,
dies Schweigen trinkt mit den Augen.
Im Schatten der uralten Träume
schwingen zwei singende Stimmen
hin und her.
Unsere Ruhe zieht ihre Furchen.
Aus den Worten dieser Sprache wächst Johanniskraut
und gebrochenes Brot.

Wir versenken uns

inmitten der Menge.
Traumverloren pilgern wir
auf dem Freitagsboulevard.
Die Augen schließen wir im Kaufhaus,
wo niemand im Gewimmel
den anderen erblickt.

Nach einem langen Kuß werden wir
sie wecken aus Gedankenlosigkeiten,
fortreißen von ihren Gegenständen,
sie lösen von all der Show und ihrem Bann.
Wir spazieren den Glasberg hoch.
Wir haben die blaue Blume in Händen.
Wir haben das Wasser des Lebens im Kelch.

Dann würden
ihre Blicke sich treffen
und die Zungen klingen.

Dialog

Ich beuge mich
über die Quelle
und lausche
in deinen Atem.

Deine Weisungen
durchströmen
mein geweitetes Schweigen,
bis der stille Fluß
mündet.

Wer hält mich

Wer hält mich,
damit ich nicht
mich vergehe
wer-weiß-wohin.

Wenn ich den Grund
verliere,
wenn ich im Licht
blind mich zu Tür taste
und meine Füße nicht setzen kann
wie es gut ist,
da
meine Liebe flüchtet…

Helft mir
sie suchen, Freunde.

Das Laken

wurde meine bleiche Maske.
Träume heben mich aus.

Meine Hände gleiten
an den Wänden. Haltlos
taumel ich über breite Treppen.
Die Bürgersteige sind Sturmbahnen.
Befehle rollen vorüber.
Ihre Hände wurden hart vor Waffen.
Die Befugten höhnen im Chor.
Zielscheiben sind die Fenster.
Die Objektive haben dich im Visier.
Leute wie aus Polysterol,
und ich finde dich nicht.

Meine Seele sehnt sich dir nach.
Ich umkreise dich blindlings.
Ich taste dir nach,
doch erkenne dich nirgends.

Liebste

wie hatten sie dich verschreckt,
die kleidung dir zerrissen,
dein lied untersagt und
deine stimme überbrüllt.
Er hat dich genommen, gelacht
und fallengelassen.

Liebste,
ich wollte dich mit Purpur kleiden
und mit Ehrfurcht krönen. Fremder
Spott war mir zuvorgekommen.
Meine Hände verkrallen sich.
Mein Reden wird schroff.
Sind meine Lippen dir ein Mauer,
die Augen kalte Höhlen?

Wie tief ist der Fluß,
wie hart der Fluch,
daß du kommen wirst
und mich erlösen kannst,
gebannte Braut?

Im Traum

schaust du mich an
durch eine Maske aus Glas.
Du lachst und klagst.
Du weinst und lächelst.

Deine dahingesagten
Worte beschließen uns
in einer Seifenblase,
in ein Lustschloß.

Wir durchschreiten das
Marmortor und eröffnen
den Tanz feierlich und
lautlos im Rhythmus der
Muttersprache auf den
weichen Bässen unsrer
vergessenen Väter.

Es ist das Schlagen
der Nachtigall und das Singen
der trinkenden Seelen.

Versunken in Träumen
schau ich zu dir,
und das Glas zerrinnt
wie frisches Quellwasser.

Eine Stadt

Eine Stadt voller Menschen.
Halme wogen im Feld, Späne häufen sich.
ein Berg Sand, Kopfsteinpflaster.
Tausend Knospen entblättern sich
im heißen Ostwind. Meine Name ist
wie verschüttet unter der Masse.

Im Labyrinth hasten und erliegen sie.
Ein Bakteriengewimmel nutzt und betreibt
sich, ein Taktstraßensystem.
Ein entleertes Haus.
Mein Privathaus gedeiht
nicht zur Wohnung.

Ich reiche mich dir:
Jetzt erst
fallen die Türen ins Schloß.
Du heißt mich
in dir zu wohnen.

In der Schöpfungswiese
blühen tausend und tausend
einzigartige Blüten
im Kleid ihrer Blätter.

Unsere Hände

kneten aus Ton
eine Figur.

Deine Handkanten furchen ihn ein,
Dein Atem breitet ihn aus.
Meine Gedanken fügen sich ein,
Meine Fingerspitzen prägen
auf die Haut den Puls deiner Stimme.

Die Fäden unserer Gespräche
spinnen uns ein Kugelnest.
Bögen und Streben
richten uns ein Zimmer.

Liebe hat uns
eine Wohnung entfaltet.
Ihre Gestalt ist ein
Bild von uns.
Liebe gibt Raum,
so weit mich deine Hände weisen.

Dein Fingerzeig

Dein Fingerzeig betupft
in tausend und einer
Farbe mein Zimmer.
Deine Bewegungen
steigen und fallen und hallen fort
in einer Fuge meines Sinns.
Deine Lippen sind die Ufer meiner Wärme.
Deine Haare sind ein Netz auf meiner Haut.

Linien ziehn sich übers Schulterblatt,
flüchtige Skizzen dem Gedächtnis,
Gedanken dem Augenblick,
Siegel der Seele.

Deine Haare spielen mit meinen Händen.
Deine Lippen lösen mich,
deine Bewegungen streichen mich.
Deine Hände heben mich erneut.

Um deinen Blickpunkt

Um deinen
Blickpunkt
kreist mein Atem.

Ich seh dich gehn
am Horizont entlang
zwischen immer und nimmer
Wiederschauen.

Ich hole tiefer
Luft und laufe
hin und weg
in einem fort.

NACHWORT

WortSpiel

ES GIBT
im Nirgendblau
ein Spiel, es heißt
Verwesung.

Es hängt
am Winterbaum
ein Blatt, es
dreht und
wendet sich.

Ein Schmetterling
ruht aus
auf Todes
lockerer Wimper.

Ernst Meister
Ausgewählte Gedichte Darmstadt, Neuwied 1979, S. 118

Drei Sätze des Büchnerpreisträgers Ernst Meister in der Form eines Gedichtes. Die erste Strophe ist abstrakt, nicht gegenständlich. Die zweite ist gegenständlich, die dritte nur vorstellbar gegenständlich. Fragen wir nach der Bedeutung der ersten Hälfte der ersten Strophe, so erhalten wir gleich darauf die Erläuterung: Das Spiel heißt Verwesung. Es lässt sich weiter fragen: Wie ist dieses Spiel vorstellbar? Darauf antworten die anderen Strophen. Oder zur Bedeutung des Mittelteils, - ein Spiel der Verwesung zwischen Tanz und Qual. So schließen sich Zirkel. Drei bzw. sechs Bedeutungen, die auf einen Nenner gebracht werden können. Es könnte versucht werden, diesen

Nenner abstrakt zu beschreiben, es kann aber jede der Einzelaussagen dafür fungieren. Die Aussagen interpretieren sich gegenseitig durch ihre Entsprechung.
Um dies zu ermöglichen, sind Parallelen verschiedener Art im Bedeutungsbereich angelegt: Sein und Wesen; Hängen und Ruhen; Spiel und Blattbewegung… Auch verstecktere Bezüge sind zu nennen: Nirgendblau und das Auge unter der Wimper; Verwesung und Winter; das Blatt und der Flügel des Schmetterlings… Äußerlich erscheint dieses poetische Prinzip in der Lyrik als Reim und Metrum, in Klangbeziehungen und rhythmischen Parallelen oder Gegensätzen. Eine Zuspitzung erfährt der Text in der dritten Strophe nicht nur rhythmisch, sondern auch syntaktisch in der Klarheit eines einfachen Satzes.
Eine allgemeine Einsicht über die Vergänglichkeit und ein konkretes Bild werden so miteinander verknüpft, dass eine Strophe für die andere steht und sich ein Phantasiebild heraus kristallisiert, das die beiden ersten Sätze zusammenschließt, ohne ein anderes Wort als das unbestimmte und philosophische „ein“ dabei zu wiederholen.
So verfährt Erfahrung. Neue Bilder, Zusammenhänge und Einsichten verknüpfen wir mit Erinnerungen, Bekanntem. Wesentlich für erkennende Erfahrung ist, wie eng Neues hinzuwachsen, wie „konkret“ (concresco) es für uns werden kann. Gedichte sind im guten Fall hochkonzentrierte Wortgewebe, Textur. Hier ist alles darauf angelegt, Wörter und Wendungen, Bilder und Vorstellungen über ihren gängigen Gebrauch hinaus miteinander zu verketten. Ohne den Gedichtzusammenhang wäre das Wort „Nirgendblau“ relativ sinnlos. So können sich Worte von der Bedeutung her gegenseitig bereichern. Demnach schildert Poesie nicht nur schon gemachte Erfahrung. Sie ermöglicht auch Erfahrung. Poesie bietet ein Erlebnis an, Imagination für Nichterlebtes. Sie verarbeitet schon gemachte Erfahrun-

gen zu neuen Vorstellungen. Sie verwendet die Vergangenheit des Lesers geradezu als Material für ihre Kreationen.
Die handelnde „Person“ des Gedichtes von Ernst Meister ist zunächst ein „Es“, was sich dann über „ein Spiel“ und „ein Blatt“ zu „ein Schmetterling“ konkretisiert, der eben ausruht auf jener surrealistischen Wimper. Machen wir uns bewusst, was mit einer grammatischen Personenbezeichnung alles mit gesagt ist. „Du“ – ein Einzelner ist angesprochen. Damit wird er herausgelöst, isoliert. Er ist in irgendeiner Weise anwesend. Wer spricht das Du? Ich, wir, er oder sie? Je nachdem wäre ich beteiligt, Beobachter oder Akteur. Ich lese die Anrede: Bin ich der Angesprochene, lasse ich mich meinen, bleibe ich in der Distanz des Zuschauen- den, oder finde ich mich als Redender im Text wieder?

„Er“ – daraus spricht sowohl eine Distanz, vielleicht bis hin zur Bedrohlichkeit. „Es gibt im Nirgendblau ein Spiel…“ – Ist mein Leben angesichts des Todes ein gerade noch hängendes Blatt am Winterbaum im Wind? Ist meine Existenz im „Nirgendblau“, verschwinde ich im „Es“?
Mich provoziert das Gedicht zu einer Antwort. Ich nehme das WortSpiel auf. Ich nehme mir diesen großartigen Dichter ungefragt zum Lehrer und antworte ihm. Es sind Ansätze eines Lernenden, der seine christliche Herkunft nicht leugnet. Das folgende Gedicht versteht sich aber dennoch nicht als Apologie, sondern als eine Reaktion auf einen Anstoß, Impuls. –

GOTTES SAGEN
fordert Antwort:
Sie wächst sich entblätternd
in verwirrtem Sprechen.

Die Völker rauschen
wie Pappeln und bei
einbrechender Kälte
fallen die Urteile:
Eine Hand wäscht
die andere in Unschuld.

Tränen des Herrn
benetzen die Erde:
Am randvollen Brunnen
hockt ein Vogel und trinkt
aus sich selbst.

Gott hat diese Welt gut geschaffen, auch wenn die Menschen seit der Hybris von Babel ihre gemeinsame Sprache verloren haben und Pilatus sich das verhängnisvolle Urteil zueigen gemacht hat. Gott ruft uns aus dem Unbestimmten heraus und spricht mich an durch seine Liebe. Selbst die Vergänglichkeit kann mir zum Spiegel werden, der mein Leben in Abrahams Schoß zurück legt… Die Bibel ist voller Symbole. Viele interpretieren sich gegenseitig, ganz ähnlich wie die Strophen des zitierten Gedichtes von Ernst Meister. Religion ist das Lebensspiel der Entsprechungen, das uns Ebene um Ebene höher und tiefer zugleich führt. Unsere Symbole sind Zitate von Geschehen und Texturen, Bildern und Realitäten. Handlungen setzen Symbole in Szene, Riten sind wie die Poesie Katalysatoren von Erfahrung.

Das Bild des unsichtbaren Gottes, die Geschichte seines Sohnes, das zurückflutende und zugleich vorwärts treibende Geheimnis des Geistes gestalten ein uns bewegendes und veränderndes Symbolgeflecht. Die Geschichte des Heils bildet einen Zusammenhang, der vom Anfang der Welt schon jetzt bis an ihr Ende reicht.

Wie können wir uns mit unserem Leben, mit unseren Erfahrungen hineinflechten in dieses Symbolgebilde, in diese religiöse Bildtextur? Eine Möglichkeit dazu bietet uns die poetische Technik der Lyrik. Auslegung bedeutet dann entsprechende Bilder schaffen, das Ausziehen der Wörter und Sätze, der Zusammenhänge *der* Schrift. Ein „geknickter Rohr" (Jesaja 42) heißt abstrakt: gescheiterte Existenz, ohne Hoffnung. Sprachlich konkret ausgelegt: ein umgebrochener, zersplitterter Baum; ein im Irrtum gefangener Süchtiger vielleicht oder meine Erfahrung des letzten Jahres. Es sind sprachliche Experimente, Bilder zu Bildern, Erweiterungen meines Verstehenshorizontes, Fassungszirkels.
So vermag das Hohe Lied des Alten Testamentes neben 1. Korinther 13 und neben meine Erfahrung gestellt sein. Diese drei „Texte" können miteinander gelesen werden wie drei Strophen eines Gedichtes. Sie deuten einander und sind sich Nenner der Einstimmung.
An Gedichten ist erkennbar, wie Bedeutungsreichtum in äußerst kurzen Sätzen konzentriert, kristallisiert werden kann. Reichstrukturierte und zugleich in ihrer Bildhaftigkeit einfache Wortgewebe ermöglichen präzise Wahrnehmung dessen, was noch nicht wahrnehmbar oder verstehbar, „sichtbar" war. Sie stiften auch religiöse Erfahrungen. In der Schau Gottes am Jüngsten Tag, dem Unsichtbaren, wächst alle Erfahrung des Lebens im Unerfahrbaren, dem Wunder Gottes zusammen. Der Grund, aus dem heraus diese Einheit gleich einer Quelle springen kann, liegt im Wort Gottes, der spricht wie ein Schweigender, ursprünglich und sprachschöpferisch, - poetisch.

Martin Grahl 1986 / 2001